AF466627

ORAISON FUNÈBRE

DE

Mgr A.-L. DE SALINIS

PARIS. — IMP. W. REMQUET, GOUPY ET Cie, RUE GARANCIÈRE, 5.

ORAISON FUNÈBRE

DE

Mgr A.-L. DE SALINIS

ARCHEVÊQUE D'AUCH

PRONONCÉE PAR

SON ÉMINENCE LE CARDINAL DONNET

ARCHEVÊQUE DE BORDEAUX

Le 16 mars 1861, dans l'église du Collége de Juilly

PARIS

VICTOR PALMÉ, LIBRAIRE-ÉDITEUR

rue Saint-Sulpice, 22

A BORDEAUX, AUCH, PAU, AMIENS

CHEZ TOUS LES LIBRAIRES.

1861

Cor sapientis erudiet os ejus et labiis ejus addet gratiam.

Le cœur du sage inspirera ses paroles, et placera la grâce sur ses lèvres.

(*Prov.*, c. XVI, v. 23.)

MESSIEURS,

La cérémonie qui nous réunit en ce moment est bien différente de celle qui nous avait amené, il y a déjà un quart de siècle, dans ce précieux établissement; alors tous les visages étaient rayonnants, nous marchions à la suite du pieux et savant restaurateur de Juilly, sous les arcs-de-triomphe qu'avait élevés la piété de ses enfants. Une immense procession se déroulait au milieu d'une haie de gracieux arbustes reliés aux grands arbres par une chaîne de guirlandes qui semblait enserrer le parc tout entier.

C'était partout un hosanna dont l'écho retentit encore à nos oreilles, et voilà que des gémissements et de funèbres décorations ont remplacé les chants d'allégresse, fut-il jamais plus douloureux accomplissement de cette parole du prophète : *Defecit gaudium cordis nostri, versus est in luctum chorus noster,* celui qui était l'âme de toutes les grandes choses dont nous fûmes alors le témoin est allé loin de nos regards attendre le jour de la résurrection générale, dans ces retraites souterraines où dorment ses prédécesseurs.

Pour nous, qui venons sur la demande de vos bien-aimés et respectables maîtres, présider à cette douloureuse cérémonie. Sommes-nous donc destiné à ne plus voir se fermer la source de nos larmes ! Des plaies encore saignantes nous déchiraient le cœur (1), et voilà qu'un nouveau deuil ajoute à l'amertume dont notre âme est inondée. Chers enfants, prêtres vénérables, et vous tous les anciens amis de celui que nous pleurons, vous en recueillerez les accents avec une religieuse piété, et puisque vous attendez que nous payions un tribut à la mémoire de cette noble existence, vous pardonnerez à l'insuffisance d'un collègue, d'un ami qui vient soulager sa propre douleur en partageant la vôtre. Pour répondre à vos désirs autant que nos forces nous le permettront, sans cependant sortir de la pensée renfermée dans notre texte, nous redirons que la parole de l'ancien directeur de Juilly

(1) Le même devoir rempli dans un court intervalle à l'égard de Nos seigneurs les Archevêques et Evêques de Toulouse, Alger, Aire, Nevers et Périgueux.

s'inspira toujours de la sagesse de son cœur et que la grâce découla toujours de ses lèvres, *Cor sapiens erudiet os ejus, et labiis ejus addet gratiam.* Ces deux mots résument cet éloge funèbre qui sera loin de célébrer assez dignement Mgr Louis-Antoine de Salinis, archevêque d'Auch.

* * *

I

Mgr de Salinis, né à Morlas (Basses-Pyrénées), en 1798, appartenait à une famille ancienne qui avait donné à l'Église plusieurs évêques d'une haute distinction, il puisa au foyer domestique cette première éducation que rien ne saurait suppléer et qui fait tourner à la pratique du bien toutes les facultés de l'homme : plus ces facultés ont de puissance, plus a de prix ce fonds primordial de moralité entré dans un cœur par les premières impressions de la vie.

Le calme était rétabli quand le jeune Louis entra au collége d'Aire, confié à la direction de savants et pieux ecclésiastiques. Là, ses heureuses dispositions se développèrent rapidement, et bientôt il se familiarisa avec les écrivains célèbres de l'antiquité qui eurent toujours pour lui un grand attrait, il aimait à se rappeler ses premières études, qui furent ses premiers triomphes, et plus d'une fois, nons l'avons entendu déplorer avec amertume cette manie de notre temps, qui promène et fatigue l'intelligence de la jeunesse sur une foule d'objets qu'elle est obligée d'effleurer sans pouvoir en approfondir aucun. Corneille et Pascal, disait-il avec ce ton d'esprit piquant qui lui était propre, n'affronteraient pas les périls de l'examen d'un élève de rhétorique de nos jours; il avait reçu de la nature une mémoire où tout venait se tracer comme sur le sable et restait gravé comme sur l'airain. A ce premier élément de succès, il joignait la passion de s'instruire, une avidité de savoir aussi étendue, aussi diverse que ses aptitudes. On peut juger quel progrès un tel disciple dut faire dans les lettres, qu'il ne cessa jamais de cultiver, il possédait à fond les auteurs sacrés et profanes, toujours prêt à compléter, toute citation qu'on en pouvait faire.

C'est dans les premiers mouvements du cœur de l'enfant qu'on devine l'homme; le sage se révèle d'ordinaire presqu'à son berceau, une parole tombée de ses lèvres candides est comme une lumière qui semble déjà signaler la route qu'il doit suivre, et l'on aime à étudier les indices mystérieux de la vocation, et le travail de la grâce dans cet âge si tendre. On ne sera donc pas surpris de voir le jeune de Salinis passer du collége d'Aire au séminaire de Saint-Sulpice, foyer des plus pures lumières, source féconde de vertus d'autant plus méritoires que la solitude en est l'unique témoin. M. Garnier démêla promptement les heureuses dispositions du jeune lévite et lui donna des marques d'affection et d'estime ; ses directeurs aimaient à l'entretenir des grands intérêts de la religion, ils lui apprirent à concilier les vœux du zèle et les conseils de la sagesse, et à se défier de l'exagération en toutes choses ; l'abbé de Salinis devint en peu de temps le plus brillant élève du séminaire et fut appelé à diriger le catéchisme de persévérance ; il y a encore dans la capitale un certain nombre de personnes qui se rappellent ces remarquables homélies, où se révelait déjà le professeur habile, le spirituel écrivain. C'est par de fortes études et par la pratique de toutes les vertus, que votre ancien maître se préparait au grand jour du sacerdoce.

Il avait compris le poids immense du fardeau qu'on allait lui imposer. Il mesura du regard l'étendue des devoirs qu'il aurait à remplir pour se montrer fidèle à sa vocation, et cette dignité ne lui apparut qu'avec la responsabilité qui l'accompagne. Ce talent précoce et cette sagesse fixèrent l'attention de Mgr l'Archvêque de Paris, qui, sur la demande de Mgr d'Hermopolis, n'hésita pas à lui confier un des ministères les plus difficiles et les plus délicats.

Quand le jeune lévite a subi les épreuves du noviciat ecclésiastique, il passe ordinairement les premières années de son sacerdoce à l'école de quelque vétéran du sanctuaire pour se former au grand art de diriger les âmes.

Il en fut autrement pour l'abbé de Salinis qui devint en sortant du séminaire, aumônier du collége Henri IV, destiné dès lors à former le cœur de ceux qui, plus tard, seront appelés à exercer sur la société une grande influence.

Dans cette position qui allait si bien à son caractère, il se livra tout entier au penchant naturel qui l'attirait vers la jeunesse. C'est là qu'il composa les admirables instructions dont il enrichissait l'âme de ses auditeurs. Pendant que des professeurs habiles leur révélaient tous les trésors de la science humaine, le nouvel aumônier leur apprenait qu'il y a une science qui domine toutes les autres, celle de la religion. Il en déroulait à leurs yeux toutes les magnificences, il leur en montrait les sublimes harmonies, il leur apprenait à l'entourer de leur respect; et sans dissimuler les rigueurs inflexibles de nos dogmes, et les sévérités de la morale évangélique, il faisait aimer sa parole par la grâce et le charme dont il la parait : *Cor sapientis erudiet os ejus, et labiis ejus addet gratiam.*

Il remplit ces fonctions difficiles jusqu'au moment où parurent les ordonnances qui enlevaient aux membres des congrégations religieuses le droit d'enseigner. Alors quelques ecclésiastiques distingués formèrent le projet de combler cette lacune si regrettable, pour laisser aux pères de famille le libre choix entre les colléges de l'État et les institutions dirigées par des prêtres. Qui ne se rappelle ici celles de Vaugirard fondée par M. Poiloup, d'Oullins, par M. Dauphin, de Nîmes, par M. d'Alzon, de Metz, par M. Bureau, de Strasbourg, par M. Bautain et tant d'autres dont le nom se mêle à un souvenir plein de reconnaissance.

M. l'abbé de Salinis qui avait une tendre prédilection pour ce ministère voulut compter parmi les nouveaux instituteurs de la jeunesse. Il s'associa avec un homme d'élite, l'ami de son cœur, le confident de ses pensées, celui avec lequel il avait vécu de la même vie depuis le séminaire et dont la mort seule devait le séparer. L'un et l'autre résolurent de rendre son ancienne splendeur à un collége renommé qui devait opérer tant de bien sous leur habile direction. Aussi le nom de Juilly sera désormais inséparable des noms de MM. de Salinis et de Scorbiac. C'est là qu'avec l'aide de confrères d'un incontestable mérite, ils formèrent pendant plus de douze ans de jeunes hommes qui parlent avec reconnaissance de leurs maîtres bien-aimés et qui portent aujourd'hui dans les diverses carrières les fruits bénis dont la semence avait été déposée dans leurs âmes.

Cependant, les succès de M. de Salinis ne l'empêchaient pas de sentir le fardeau. Les soins incessants que réclame la jeunesse, les sollicitudes du jour et parfois même de la nuit ébranlèrent de plus en plus une santé déjà fragile. Le directeur de Juilly parut disposé à accepter un poste dans une administration diocésaine. Mgr Affre venait d'être promu à l'Archevêché de Paris. Ce prélat l'honorait de son estime et de son affection. Il fut sur le point de l'attacher à sa personne, diverses circonstances empêchèrent la réalisation de ce projet.

Au milieu du tumulte et du bruit qui se faisait à l'occasion de la liberté d'enseignement, cause sacrée, que M. de Salinis avait défendue et par ses écrits, et par les conseils qu'il n'épargna jamais aux personnages les plus considérables de l'époque, le pieux directeur de Juilly fit une perte cruelle, qui a laissé un deuil éternel dans son âme. Sa mère, qui ne l'avait jamais quitté, mourut quand elle semblait avoir heureusement traversé les années les plus agitées de l'existence de son fils, dont elle avait toujours partagé les tribulations et les joies. Une mère est pour tout homme cet ange gardien dont on a besoin à tous les âges, dans toutes les positions de la vie. Le monde est froid et sec, a dit un illustre publiciste (1); les affaires des sociétés humaines s'emparent puissamment de la pensée; mais elles ne remplissent point l'âme, elle a des ambitions plus variées et plus exigeantes que celles des plus ambitieux politiques, elle veut un bonheur plus intime et plus doux que tous les travaux et tous les triomphes de l'activité et de la grandeur sociale n'en peuvent donner.

Qui ne sent, Messieurs, que quand l'esprit est brisé par le travail et le cœur aigri par l'injustice des hommes, on aime à retrouver dans son intérieur les épanchements et les joies si douces du foyer domestique. Nul bonheur, dans la plus éclatante des destinées, ne peut remplacer celui-là. Si l'homme du monde le trouve dans les joies, les sollicitudes mêmes de la famille, le prêtre ne saurait le rencontrer qu'auprès d'une mère. Je voudrais pouvoir rappeler ici les accents qu'exhalait la douleur de M. de Salinis, lorsque dans

(1) M. Guizot.

nos confidences les plus intimes, nous pouvions parler l'un et l'autre de ce que nous avions perdu en perdant une mère.

Pleine de tact et d'un esprit observateur, madame de Salinis fut effrayée de l'action que M. de Lamennais pouvait exercer sur son fils. C'était en 1831; quelques-uns de ses amis venaient de fonder l'*Avenir*, où les problèmes les plus hauts de l'organisation religieuse et sociale étaient abordés avec une ardeur dont le souvenir n'est pas encore effacé de la génération de notre époque.

Dès l'apparition de l'Encyclique du 15 août, MM. de Montalembert, Lacordaire, Gerbet et de Salinis se séparèrent de celui qui, témoin plus tard de leurs succès à la tribune, dans la chaire et l'enseignement, s'écriait : « Voilà pourtant les œufs que j'ai couvés. » Hélas! seul il resta debout sur la brèche, sans vouloir ni plier, ni se soumettre, et commença une scission déplorable avec l'Église.

M. de Salinis m'a montré des notes du plus grand intérêt, où il raconte ces divers incidents. Il y peint le talent, le caractère, l'esprit de son ancien maître. Si les bornes de ce discours nous permettaient d'y introduire ce tableau, on verrait d'une part à quelles extrémités peut conduire un amour-propre blessé, de l'autre tout ce que peut enfanter de touchant et d'héroïque une foi humble et sincère.

Ce fut après la mort de son excellente mère et à la suite de plusieurs mécomptes, que nous lui proposâmes de se fixer près de nous avec son inséparable ami M. de Scorbiac, pour qui nous avions toujours professé une haute estime. M. Gerbet devait s'unir à eux. J'avais fait créer une nouvelle chaire à la Faculté de théologie en sa faveur; il l'accepta, et finit, après un an d'indécision, par nous envoyer, à notre grand regret, sa démission. MM. de Scorbiac et de Salinis reçurent des lettres de grands-vicaires.

M. de Scorbiac paya noblement notre hospitalité en mettant à notre service pour les missions diocésaines, un zèle et un talent dont il avait donné tant de preuves dans la société des missionnaires de France. Quant à M. de Salinis, dont la voix n'aurait pas été assez puissante pour dominer un grand auditoire, il exerça un autre genre d'apostolat qui, sans avoir autant d'éclat et de retentissement, ne laissa pas de porter les fruits les plus heureux dans notre ville épiscopale. On comprend que nous voulons parler de ces réunions d'hommes sérieux qu'il tenait dans son salon chaque semaine, vrais tournois intellectuels où se discutaient sous sa direction les questions les plus graves et les plus difficiles. On ne saurait dire la puissance qu'il exerçait sur ces hommes d'élite au milieu des luttes les plus animées. Chaque fois qu'on se séparait, on proposait pour la semaine suivante la matière des savantes discussions auxquelles chacun des membres devait se préparer avec soin. Puis, lorsque la question qui était à l'ordre du jour avait été longuement débattue, surtout lorsque la solution présentait de sérieuses difficultés, l'habile président prenait la parole pour résumer les débats, et pour faire jaillir la vérité. C'est alors qu'il charmait et étonnait son auditoire par une profonde érudition, une facilité prodigieuse d'analyse, une connaissance approfondie de l'histoire, assaisonnant tout cela des réflexions les plus spirituelles et des aperçus les plus ingénieux. Cette parole philosophique, mais cependant plus religieuse encore, laissait dans l'âme de tous ceux qui la recueillaient, de profondes impressions, et les rendaient meilleurs en les rendant plus chrétiens. Ce salon n'était plus pour eux un lieu profane, c'était un temple et un sanctuaire, et le fauteuil du président était à leurs yeux une chaire d'où tombaient les oracles de la vérité, aussi un célèbre orateur, dont la voix puissante retentit depuis un demi-siècle dans toutes nos vieilles cathédrales, lui disait un jour avec autant d'esprit que de vérité : Je suis pendant ce carême l'Apôtre de la chaire à Bordeaux, et vous celui du salon, élevant ainsi de simples et graves causeries à la hauteur d'un apostolat.

La Providence devait bientôt me fournir les moyens de donner à cet enseignement, déjà si fécond, de plus amples développements. Une nouvelle chaire venait compléter notre Faculté de Théologie. Le nom du nouveau professeur se présentait naturellement.

La réputation que M. de Salinis s'était faite dans ses réunions privées devait lui assurer dès le début un auditoire nombreux et choisi. Nous ne fûmes pas trompé dans notre attente. L'amphithéâtre de la Faculté fut bientôt le rendez-vous d'auditeurs avides de recueillir une parole toujours élevée, mais surtout dont le caractère spécial était le charme attrayant qu'elle prenait en passant par son cœur et par ses lèvres : *Cor sapientis erudiet os ejus, et labiis ejus addet gratiam.*

Les leçons de l'habile professeur le mirent en évidence. Il avait conquis, en peu de temps, le droit de cité, et les Bordelais l'acceptèrent comme un concitoyen. Ils saisirent, avec bonheur, l'occasion de lui en donner la preuve la plus éclatante. C'était en 1852, une commotion inattendue venait de changer complétement la situation politique du pays. Le trône de juillet avait été emporté par le flot révolutionnaire. Il était question de donner à la France une nouvelle constitution. Dans tous les départements on choisit pour cette grande élaboration ce qu'ils renfermaient d'hommes supérieurs par l'intelligence et le dévouement. Le clergé devait être représenté dans cette œuvre qui intéressait toutes les classes de la société. Dans la Gironde, le nom de M. de Salinis fut mis en avant avec quelques chances de succès. Des clubs, représentant toutes les opinions, furent organisés à Bordeaux. Chacun déployait son drapeau et y inscrivait ses pensées. Là au milieu de luttes souvent orageuses, les candidats étaient interpellés sur leurs opinions, sur la manière dont ils jugeaint les événements et les hommes ; il fallait répondre à tout promptement et avec la plus grande précision. M. de Salinis, peu accoutumé à ces luttes publiques, n'hésita pas à en affronter les orages. Il se rendit au club qui avait arboré le drapeau des saines doctrines ; et c'est là qu'en présence d'interlocuteurs souvent habiles, toujours fougueux et peu mesurés, il appliqua, avec un succès admirable, les solutions de sa conscience et de sa foi, aux questions par lesquelles ses adversaires espéraient l'embarrasser. Un gouvernement à bon marché et dès lors la suppression du budget des cultes étaient la première question sur laquelle il fut interpellé. Personne, à Bordeaux, n'a oublié l'à-propos de la réplique. On l'interrogeait sur le traitement du clergé, et il répondait que la Révolution lui ayant enlevé tous ses biens, la République lui devait un dédommagement convenable. On le forçait à s'expliquer sur les ordres religieux, et il les défendait au nom de la liberté pour tous et en retraçant avec son érudition toujours prête les pages les plus glorieuses des ordres monastiques et de la Compagnie de Jésus en particulier. On restait confondu devant cette franchise pleine de générosité. Contre les utopies communistes, il déployait une ardeur qui contrastait avec la placidité de son caractère, et puis enfin, quand au club des travailleurs, soutenu par la courageuse, l'inimitable éloquence de l'un des plus généreux enfants de notre vieille Aquitaine, le si regrettable M. Denjoy, il se prit à caractériser les devoirs du représentant, à exprimer la manière de les comprendre, il trouva de tels accents, se concilia si bien l'estime générale, que nous sommes encore à nous demander comment, bien qu'avec un nombre de voix très-considérable, sa candidature n'obtint pas le résultat complet auquel nous avions droit de nous attendre.

II

Toutefois, le tourbillon politique qui venait d'emporter une couronne et de briser un sceptre, allait être dans les vues de la Providence un moyen inattendu d'appeler M. de Salinis à de nouvelles destinées. Quand les hommes font des révolutions, ils ne sauraient en soupçonner toutes les conséquences ; ils croient commander aux événements et les diriger à leur gré ; non, il ne font que s'agiter, et Dieu les mène. Si cette vérité trouve son appliquation dans un ordre purement humain et passager, elle se montre bien davantage lorsqu'il s'agit d'intérêts plus élevés et quand la gloire de Dieu et de son Église sont en cause. C'est alors que Dieu fait naître des circonstances les plus étranges, les effets les plus merveilleux, et qu'il se plaît à déjouer les projets de la sagesse humaine pour faire briller dans tout son éclat la sagesse divine. Les nouvelles destinées, réservées à M. de Salinis, en sont une preuve frappante.

Quoique ses qualités éminentes, et l'opinion publique le désignassent depuis longtemps pour l'épiscopat. Il est à croire qu'il ne serait point parvenu à cette dignité, si dans les rangs des dépositaires du nouveau pouvoir ne s'était trouvé par un coup inattendu de la Providence un ministre habile qui connaissait toutes les richesses de son esprit et de son cœur.

L'un des premiers actes de l'administration de M. de Falloux fut donc la présentation de son ami pour l'épiscopat. Cette nomination fut accueillie avec joie par le clergé de France. M. de Falloux attachait une grande importance à ce choix, il aimait à redire que c'était un des actes les meilleurs de son passage aux affaires. Le siége que Dieu lui réservait fut celui d'Amiens devenu vacant par la nomination de Mgr Mioland à la coadjutorerie de Toulouse. La terre qu'il avait à cultiver, il ne la trouva point en friche, ses trois derniers prédécesseurs, de sainte mémoire, y avaient jeté de riches semences qui donnèrent des fruits abondants. Nous sommes dispensé d'entrer ici dans le détail des œuvres dont elle était en possession. Nous avons eu l'occasion d'en parler longuement dans l'éloge funèbre de Monseigneur l'archevêque de Toulouse. Mgr de Salinis n'eut donc qu'à suivre l'impulsion donnée à son beau diocèse.

Cependant comme chacun reçoit de Dieu des aptitudes diverses, il est impossible qu'en mettant la main à une œuvre, on n'y imprime pas son cachet particulier. Ce qui fait la beauté de la nature c'est la variété dans l'unité, chacune des merveilles de la création a son caractère, ses propriétés ; il en résulte un tout plein de grâce et d'harmonie qui charme les regards et captive les cœurs. L'élément qu'apporta le nouvel évêque aux œuvres de son diocèse fut une forte impulsion imprimée aux études ecclésiastiques et à la pompe des cérémonies. L'éclat donné à la translation des reliques de sainte Theudosie, le monument qui fut élevé à cette occasion dans l'insigne cathédrale d'Amiens, la présence et les dons du souverain, le concours de tant de pontifes, la parole embrasée des orateurs, l'affluence des populations, l'ensemble en un mot de cette imposante solennité suffirait pour immortaliser un règne épiscopal. Illustre cité d'Amiens, on te vit fière de ton pontife, salut à toi, te dirons-nous, avec saint Cyrille d'Alexandrie, qui es embellie des monuments élevés à tes saints, comme d'autant de perles précieuses! *Salve præfecturæ decus, undique sanctorum templis, ut pretiosis margaritis ædificata.*

Le clergé diocésain conservera un éternel souvenir de ces conférences formées par les curés de canton que le savant évêque réunissait dans son grand séminaire, il mit par là en plus grand honneur la science, ce noble apanage du clergé, sans lequel il ne saurait dignement remplir sa sublime et difficile mission. Ayant étudié avec soin les tendances de son époque, il avait remarqué dans les hommes de son siècle l'ambition de tout savoir, un désir sans bornes d'investigation. En effet, on n'a plus de nos jours la simplicité, la docilité avec laquelle on devrait accueillir la doctrine religieuse et les oracles de l'éternelle vérité, une susceptibilité raisonneuse, un esprit exagéré d'analyse inspirent une méfiance générale contre tous les enseignements de la foi. Il est nécessaire que le clergé puisse donner des réponses à toutes les questions, opposer des arguments irrésistibles à tous ceux qui ne veulent se rendre qu'à l'évidence. Telle fut la pensée de l'évêque d'Amiens en propageant le goût des études sérieuses et en développant chez ses prêtres l'amour de la science. La science! n'est-ce pas en effet, après la vertu, le plus riche ornement, le plus précieux trésor du prêtre; ou plutôt la science et la vertu, ces deux choses qui doivent être inséparables, ne forment-elles pas notre plus belle couronne?

Aussi le zélé pontife ne négligea-t-il aucune occasion de la faire fleurir dans son clergé. Non content d'appeler dans son salon, comme il le faisait à Bordeaux, l'élite des habitants de sa ville épiscopale, pour traiter les questions les plus importantes, il réunissait aussi de temps en temps quelques ecclésiastiques pour discuter les points les plus difficiles et les plus attaqués de la doctrine. Chacun y apportait le résultat de ses méditations et tous se retiraient, plus aguerris contre les ennemis de la vérité, semblable au soldat qui apprend au champ de manœuvre à mieux se servir de ses armes, et à défendre son drapeau ce qui mérita au digne pontife cet éloge de l'Écriture : *Ecce docuisti multos, manus lassas roborasti, vacillantes confirmaverunt sermones tui.*

Les qualités éminentes de l'Évêque d'Amiens attiraient l'attention générale, et le climat du Nord, trop rigoureux pour une santé délicate, fit songer à lui pour l'archevêché d'Auch. Quelque honorable que fût cette destination, et quoiqu'elle le rapprochât de son pays natal, Mgr de Salinis en éprouva une vive peine. L'Évêque regarde sa première église comme une épouse à laquelle il donne sa foi et son cœur; il établit avec elle les rapports les plus intimes; il lui doit toute son existence, et lorsqu'une volonté supérieure vient à rompre des liens qui semblent devoir être éternels, il peut bien obéir, mais il ne saurait sans déchirement rompre avec ses plus anciennes affections. Mgr de Salinis aimait son premier diocèse; son clergé était fier de son évêque, et lui donnait chaque jour des témoignages nouveaux de sa confiance et de sa vénération.

On comprendra combien il dut en coûter à son cœur de se séparer de son troupeau. Aussi opposa-t-il quelque résistance et voulut-il consulter le pasteur suprême, le laissant l'arbitre de ses futures destinées. Magnifique exemple de déférence! spectacle qui cesse d'étonner à force de se reproduire. Le Pape qui connaissait l'évêque d'Amiens jugea qu'il était fait pour monter un degré de plus dans la hiérarchie, qu'il devait dominer ses regrets et abandonner sa première église pour occuper le siége métropolitain de la Novem-Populanie, *Cui commendaverunt multùm,* lui fut-il répondu, *plus petent ab eo.*

Son départ fut un deuil général, et son entrée dans sa ville archiépiscopale fut un véritable triomphe. Sa nouvelle famille était flattée de l'avoir pour Pasteur et pour Père. Aussi les années, trop courtes, hélas! qu'il a passées dans son dernier diocèse laisseront dans les cœurs des souvenirs impérissables. Dès qu'il se trouva au milieu de ceux que la Providence venait de lui donner pour enfants, il leur voua l'affection la plus tendre, et leur consacra sa vie toute entière. Le bon Pasteur doit chercher à connaître chacune de ses brebis : *Je les connais toutes,* disait le modèle divin, *et elles me connaissent; cognosco oves meas et cognoscunt me meæ.* C'eût été une satisfaction bien douce pour son cœur. Nous voyons, en effet, tous les jours nos Pontifes visitant les cités et les hameaux, s'enquérant des besoins de chacun, et distribuant à tous le pain de la divine parole. Le pieux pontife aurait voulu, comme son digne prédécesseur, pénétrer jusqu'au sein des plus humbles villages; malheureusement ses forces trahissaient son zèle, et sa santé ne lui permettait plus d'affronter les fatigues d'un tel apostolat. Cependant laissera-t-il son troupeau sans le nourrir de sa parole, et ne trouvera-t-il pas les moyens de remplir par lui-même cet indispensable devoir?

Ah! vous le savez, Messieurs, quand la voix de l'Évêque ne peut pas retentir à l'oreille de ses enfants, il fait arriver ses enseignements par des écrits que le Prêtre communique aux fidèles. Ainsi faisait saint Paul, lorsque d'immenses travaux ne lui permettant pas de revoir les églises qu'il avait fondées, il leur adressait ces épîtres immortelles qui demeureront comme le plus admirable arsenal de la saine doctrine, source intarissable de vérité, foyer de la lumière la plus éclatante.

Telles furent les lettres pastorales, les mandements, les instructions et, en général, tous les écrits de l'archevêque d'Auch. Quelle juste appréciation des hommes et des temps! Quels aperçus nouveaux! Quelle élévation de pensées! Quelle grâce de style! On peut dire que tout ce qui est sorti de sa plume restera comme un beau monument, tout à la fois théologique, scientifique et littéraire. Nous ne craignons pas de le dire, l'ancien directeur de Juilly fut un des hommes les plus érudits de notre temps. Il lisait beaucoup et n'oubliait rien; il n'était étranger à aucune des connaissances sacrées ou profanes; s'étant trouvé en contact avec toutes les classes de la société, il a pu apprécier tous ceux qui ont joué un rôle dans les affaires. Sa longue expérience et ses études pleines d'actualité, permettent de le placer au nombre de ceux qui ont possédé au plus haut degré la science de leur époque.

Tous ces trésors de sa riche intelligence seront conservés religieusement à Amiens et à Auch, et placés sous la garde de la reconnaissance et de l'amour. Par eux, il continuera de parler encore à ceux qui furent ses enfants, de les conduire dans les sentiers de la vérité. Une voix, si puissante qu'elle ait été, s'affaiblit peu à peu avec la succession des années, et ses échos finissent par s'éteindre dans le passé; mais la parole écrite subsiste toujours et garde sa force et sa première jeunesse. Le temps lui donne une nouvelle majesté, semblables à ces inscriptions gravées sur le marbre ou le bronze, qu'on recueille avec un culte religieux parce qu'elles nous ramènent à l'antiquité la plus reculée. Qui oserait dire que la parole des Augustin, des Grégoire, des Ambroise, des Bernard et de tant d'autres a vieilli parce que des siècles nombreux ont passé sur ces pages éloquentes, ou plutôt ne verrons-nous pas toujours s'accomplir en leur faveur cet oracle divin : *Qui ad justitiam erudiunt multos, fulgebunt quasi stellæ in perpetuas æternitates.*

Hélas! l'heure des grandes épreuves de l'Église romaine venait de sonner. Les Piémontais, après avoir renversé des trônes à Parme, à Florence, à Modène et à Naples, étaient aux portes de Rome gardée encore par nos soldats. Mgr de Salinis prit sa place parmi les défenseurs les plus dévoués à la cause du Siége Apostolique.

Dans la visite qu'il nous fit en décembre 1860, et ce fut, hélas! la dernière, il ne put nous parler d'autre chose que des événements dont l'Italie était le théâtre ; et pourquoi ne rappellerions-nous pas ici quelques-unes des réflexions si judicieuses qu'il nous fit entendre sur ce sujet. Le monde est ingrat à l'égard des Évêques, nous disait-il, quand il se formalise de les voir défendre les intérêts les plus sacrés des peuples. Si nous devons rester étrangers aux luttes des partis, nous ne pouvons pas hésiter à proclamer les grands principes sur lesquels repose la tranquillité des empires, aussi, après avoir payé son tribut de douleur, de fidélité et d'amour au Saint-Père, en quels termes il me parlait de cet abandon de tous les souverains envers un prince attaqué chez lui sans motif, sans déclaration de guerre par un Roi, un voisin, un parent, qui s'est servi, pour le combattre, des moyens les plus honteux dont l'histoire ait gardé le souvenir; il avait entre les mains et ne pouvait se lasser de lire l'ouvrage du docteur Léo en faveur de l'Œuvre du denier de Saint-Pierre, écrivain non suspect en pareille matière. Il aimait à l'entendre dire à ses coréligionaires qu'il était déplorable que quelques-uns d'entre eux pussent se réjouir des humiliations de la papauté, ajoutant : « Pour moi, bien « que protestant, dépouillant d'anciens préjugés, je déclare « que, dans la question romaine, l'hypocrisie et la haine se « cachent sous le masque de la vertu. »

Que ne pouvons-nous, disait à son tour le pieux prélat, recommander ce langage à ceux des catholiques qui désolent le cœur du père commun des fidèles ?

Ce serait peut-être, Messieurs, le cas de répondre aux reproches d'ingratitude qu'un publiciste adresse au clergé. Mgr de Salinis, nous ne craignons pas de le rappeler ici, a été du nombre des évêques qui ont donné au gouvernement actuel et dans ses écrits et dans sa conduite des marques nombreuses de dévoûment. Mais pourquoi ne dirions-nous pas, avec la même liberté de langage, que peu de jours avant de rendre compte de son administration au juge suprême, lorsqu'aucun intérêt humain ne pouvait lui dicter une pareille démarche, il est allé de sa voix presque mourante, dire au monarque lui-même ses craintes et ses douleurs sur les événements qui portent la désolation dans le cœur de tous les catholiques.

Quelques jours passés au sein d'une famille que l'archevêque d'Auch, si fidèle au culte de l'amitié, visitait souvent (1), opérèrent une heureuse diversion; on croyait au retour prochain de ses forces, lorsque le 24 janvier nous reçûmes la dépêche suivante que les feuilles publiques répétèrent et qui porta la tristesse dans le cœur des nombreux amis que Mgr de Salinis avait su se donner en France et à l'étranger :

« Nous venons d'assister à la scène la plus touchante et la plus déchirante, Mgr l'archevêque d'Auch a reçu ce matin les derniers sacrements des mains de Mgr Donney, évêque de Montauban. Le chapitre et un concours immense de prêtres et de fidèles assistaient à cette cérémonie.

« Je voudrais pouvoir dire à votre Éminence le contraste qu'offrait la consternation des fidèles et la sérénité du pieux Pontife, en face de son éternité. Le clergé d'Auch a recueilli de la bouche défaillante de l'auguste malade, des paroles qui demeureront comme un témoignage de son dévoûment à l'Église, de son inviolable attachement à la chaire de saint Pierre, aussi bien que de son amour pour son troupeau, en quels termes il nous a parlé de la brièveté de la vie, du néant des choses de ce monde, il s'est surtout appesanti sur les épreuves qu'avait à subir le chef de l'Église. »

(1) La famille de Guitaud, au château d'Epoysse.

Tous les yeux étaient inondés de larmes, les assistants prêtres et fidèles sont allés successivement baiser et baigner de leurs pleurs, la main qui venait de les bénir pour la dernière fois. Je ne crois pas, continue l'auteur de cette lettre, qu'il puisse y avoir une scène de famille aussi pleine d'émotion à la mort d'un père, que celle que nous avons eue ce matin : Monseigneur seul se possédait dans un calme parfait.

O vénérable et bien-aimé pontife ! il est donc vrai qu'aux qualités éminentes de l'esprit dont tous subissaient l'ascendent irrésistible, vous unissiez les qualités les plus attachantes du cœur, la foi la plus vive, la charité la plus tendre ; si la mort vous eût frappé à la fleur de l'âge, vous eussiez déjà fourni une belle carrière. Combien est donc glorieuse celle que vous avez parcourue, puisque sans être arrivé jusqu'à la vieillesse, vous avez sanctifié tous les âges d'une longue vie ! Vivez donc à jamais à Henri IV, à Juilly, vivez à Bordeaux, à Amiens et à Auch par l'éternel souvenir de vos vertus et de vos bienfaits ; et que votre nom soit plus solidement gravé dans les cœurs de génération en génération qu'il ne le sera sur le bronze et le marbre.

Nous venons de faire couler pour le repos de votre âme le sang adorable de l'agneau immaculé, sur ce même autel où vous l'offrîtes jadis avec tant de respect et d'amour. Nous ferons comme saint Grégoire de Nazianze, aux funérailles de saint Bazile, un appel à tous ceux qui vous aimèrent : *adeste jam, me circumsistite, tam ex nostris quam qui exteris,* et s'il vous restait quelques taches à effacer dans le lieu d'expiation, nous espérons que nos sacrifices et nos vœux vous ouvriraient les portes du Ciel. Mais déjà nous aimons à vous contempler dans le sein de Dieu, buvant à longs traits au torrent des éternelles délices.

Du haut des cieux jetez un regard sur cette Église romaine que vous avez tant aimée, sur cette France dont vous fûtes toujours un des fils les plus dévoués. L'heure présente est solennelle dans l'histoire de l'humanité. Des nations lointaines laissent tomber les armes du fanatisme, ramenées qu'elles sont par l'intervention généreuse de la France. Obtenez que les moins éloignées se rapprochent et que l'Europe entière s'asseoie au fraternel banquet de la foi et de la charité; que tous nous soyons *un* selon la parole du maître, sous la houlette d'un seul pasteur, que ses épreuves nous rendent encore plus cher et plus vénérable; priez pour le successeur que Dieu accorde à votre troupeau pour essuyer les larmes que votre mort fait couler; priez pour le chef pieux, savant et dévoué de cette société de prêtres vénérables à qui vous léguâtes le dépôt sacré que tant de familles avait remis entre vos mains. Votre œuvre a été comprise, elle a grandi, elle continuera à prospérer pour l'honneur de cette province et pour perpétuer le souvenir de tant d'hommes illustres qu'elle a formés; priez pour celui qui n'ayant pu répondre à l'appel de votre vénérable chapitre, vous paye dans ce sanctuaire le tribut qu'une autre voix non moins autorisée vous payait hier dans votre insigne cathédrale.

Priez pour ces familles qui sont venues mêler leurs prières aux nôtres; vous fûtes leur bienfaiteur par les soins que vous donnâtes à des enfants qui sont aujourd'hui leur consolation et leur gloire, puissions-nous tous nous ranger à vos côtés au jour des grandes récompenses et chanter avec vous dans les tabernacles du Dieu vivant, l'hymne de la bienheureuse immortalité.

Amen.

INSTRUCTIONS PASTORALES

LETTRES ET DISCOURS

DE SON ÉMINENCE LE CARDINAL-ARCHEVÊQUE

DE BORDEAUX

Sur les principaux objets de la sollicitude pastorale

4 volumes des Œuvres. — Un 5e est sous presse.

PRIX DES 4 VOL. 20 FR.

« Recueillir les paroles des évêques et les préserver de l'oubli, c'est bien mériter de la vérité; s'immobiliser en quelque sorte, au sein de l'instabilité des choses humaines; c'est asseoir sur le roc, aux limites de l'Océan, la tour où brillera un de ces phares vers lesquels portent leurs regards tous ceux qui ne veulent pas s'égarer et périr.

« Mais de quels sujets traitent ces écrits? J'oserai presque dire de tout. A qui s'adressent-ils? A tous. Je ne connais pas de livre qui offre une plus juste idée de l'emploi que peut faire un évêque de vingt années de vie au service de l'Église et de Dieu.

« C'est que nous ne sommes point de ceux qui pensent que les évêques, eu égard à la sainteté de leur caractère, doivent se traiter vivants comme des reliques, et attendre au fond du sanctuaire que, mutilés et brisés par le malheur, épuisés et dégradés par le vice, les hommes viennent s'abattre à leurs pieds pour leur demander trop tard la consolation et le salut. Ce n'est pas ainsi que peuvent aller les affaires de l'Église militante, dont ils sont les chefs. En toute guerre on recule quand on n'avance pas, et tout ce qu'on ne gagne pas, on le perd. Dieu est la vie, et les évêques sont ses ministres. Or, c'est par le mouvement que la vie se révèle. Ne rien faire, quand on peut agir, équivaut à être mort. » *(Voix de la Vérité.)*

« Les volumes de Mgr Donnet contiennent toute sa vie de pontife, depuis le jour (1837) où il est venu s'asseoir sur le siége archiépiscopal laissé vacant par le plus tendre apôtre de ce siècle, Mgr le cardinal de Cheverus. Depuis cette prise de possession, l'archevêque de Bordeaux a été infatigable pour le bien de son diocèse et pour la gloire de l'Église tout entière, et chacun de ses efforts s'est traduit par un discours, par un mandement, par une lettre, nobles commentaires des plus nobles sentiments! Les passions généreuses qui l'ont continuellement animé ont donné et maintenu des ailes à sa parole. Qu'il dogmatise ou qu'il console, qu'il discute avec les agriculteurs sur les chances de la récolte prochaine ou qu'il effraie les fidèles sur la ruine de leurs cathédrales qui s'ébranlent; qu'au milieu des révolutions politiques il impose au peuple l'Évangile de la paix, ou que, pendant des saisons plus calmes, il maintienne contre les légistes les imprescriptibles droits de son Église, partout il est le maître de son argumentation, partout il commande à la sensibilité de ceux qui l'écoutent. Les plus sceptiques seront convaincus par ce sage, les plus âpres seront pénétrés par ce missionnaire. « *Ardere et lucere plus quam perfectum* « *est,* » a-t-il été dit à propos de l'un des plus éminents orateurs chrétiens. Eh bien! M Donnet a la flamme et il a le rayon! La Bruyère en le lisant eût reprit courage, et n'eût plus imaginé que c'en était fait pour jamais de l'art sacré des Basile et des Chrysostôme! Car, comme les catéchistes de la Grèce convertie, celui-ci prêche « simplement, fortement, chrétiennement! »

(Artiste.)

ON TROUVE A PART :

La monographie de la cathédrale de Bordeaux et les **Oraisons funèbres de Mgrs,** Dupuch, 1er évêque d'Alger; Mioland, archevêque de Toulouse; Irraboure, évêque d'Aire; Dufêtre, évêque de Nevers, et Georges-Mallouai, évêque de Périgueux.

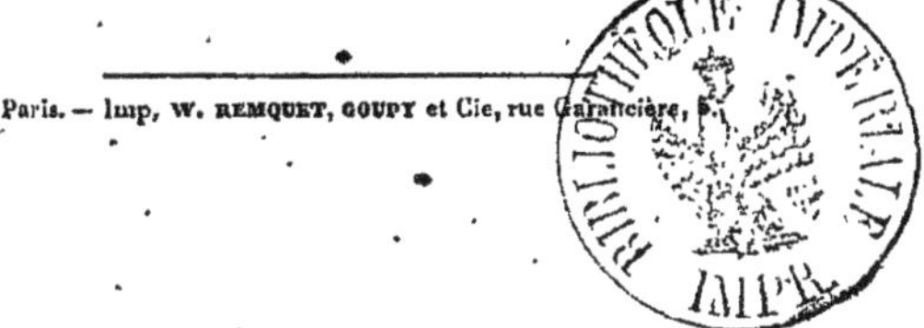

Paris. — Imp. W. REMQUET, GOUPY et Cie, rue Garancière, 5.

www.ingramcontent.com/pod-product-compliance
Ingram Content Group UK Ltd.
Pitfield, Milton Keynes, MK11 3LW, UK
UKHW020427220726
13923UKWH00005B/2136

9 782019 247782